Crónicas de Dunhaven:
Lazos de Luz y Legado

Libro 1

Damián Almaraz

Prólogo:

En las brumosas Tierras Altas de Escocia, donde los antiguos castillos se erigen como centinelas contra el paso del tiempo, se encuentra el Castillo Dunhaven; una fortaleza impregnada de historia y envuelta en misterio.

Durante generaciones, el castillo ha sido un faro de fuerza y resistencia, un bastión contra la oscuridad que amenaza con engullir al mundo. Pero dentro de sus antiguos muros yacen secretos que hace tiempo fueron olvidados, esperando ser descubiertos por aquellos lo suficientemente valientes para buscar la verdad.

Entre aquellos atraídos por el Castillo Dunhaven se encuentran la familia Harrington; una madre, un padre y su joven hijo, James. Ignorantes del legado que les espera, llegan a la puerta del castillo buscando refugio del caos de sus vidas anteriores.

Pero como pronto descubren, el Castillo Dunhaven alberga más que solo albergue; guarda la clave de su destino. Porque dentro de sus sagrados pasillos, poderes antiguos se agitan y fuerzas oscuras se congregan, amenazando con desgarrar todo lo que los Barrington estiman querido.

A medida que las sombras se alargan y los secretos del Castillo Dunhaven se revelan, la familia Harrington se ve envuelta en una batalla por la supervivencia; una batalla que pondrá a prueba su coraje, su lealtad y su fe en los demás.

Pero en medio de la oscuridad, aún queda un destello de esperanza. Porque en el corazón del Castillo Dunhaven, se forja un vínculo; un vínculo que trasciende el tiempo y el espacio, uniendo a la familia Harrington con un misterioso desconocido llamado Alexander.

Juntos, emprenderán un viaje hacia las profundidades de lo desconocido, enfrentando desafíos y superando obstáculos que los llevarán al límite. Y al final, descubrirán que el verdadero poder no reside en la oscuridad que los rodea, sino en la luz que brilla dentro de sus corazones.

Dedicación:

A todos los devotos fans de las novelas de vampiros:

Este libro está dedicado a ustedes, aquellos que se sumergen con entusiasmo en los oscuros y misteriosos mundos donde las criaturas de la noche deambulan libres. Su pasión por el género alimenta la imaginación e inspira a escritores como yo a crear relatos que emocionen y cautiven.

Gracias por elegir embarcarse en esta aventura con la familia Harrington y el enigmático Alexander. Su apoyo y entusiasmo significan mucho para mí, y estoy verdaderamente agradecido por la oportunidad de compartir su historia con ustedes.

Mientras pasan las páginas de este libro, espero que se encuentren transportados a un reino donde las sombras bailan con secretos y la línea entre la luz y la oscuridad se difumina. Que los giros y vueltas de su aventura los mantengan al borde de sus asientos, y que el vínculo entre James y Alexander resuene en su alma.

Y cuando lleguen al último capítulo, sepan que esto es solo el principio. Hay más cuentos esperando ser contados, más misterios esperando ser desentrañados y más aventuras esperando ser emprendidas.

Entonces, querido lector, los invito a continuar esta jornada conmigo. Sumérjanse en las profundidades de mis otras obras y dejen que su imaginación vuele libremente. Juntos, exploremos los reinos de la fantasía y descubramos las verdades ocultas que yacen dentro.

Gracias por su apoyo inquebrantable, y que su amor por las novelas de vampiros siga floreciendo por muchos años más.

Con profunda gratitud,

Damián

Tabla de Contenidos

El Legado Inesperado

La familia Harrington estaba sentada en su acogedor salón, el suave resplandor de la chimenea proyectaba sombras titilantes en las paredes. Sarah y David intercambiaban sonrisas cansadas mientras sorbían su té vespertino, las preocupaciones del día momentáneamente olvidadas en el calor de su hogar.

"¿Escuchaste eso, David?" La voz de Sarah rompió el cómodo silencio, sus ojos se ampliaron incrédulos mientras miraba la carta en su mano.

David levantó la vista de su periódico, frunciendo el ceño confundido. "¿Qué pasa, querida?"

"Es una carta de Escocia", respondió Sarah, su voz teñida de emoción. "Es de un abogado. Aparentemente, tenemos un pariente allí, un tío lejano o algo así."

David levantó una ceja, apartando su periódico para acercarse más a su esposa. "¿Y qué quiere este tío lejano?"

Sarah desplegó la carta, sus ojos escudriñando el elegante guion. "Parece que nuestro querido tío ha fallecido", dijo solemnemente. "Pero nos ha dejado algo inesperado."

"¿Qué podría ser?" preguntó David, con la curiosidad picada.

Los labios de Sarah se curvaron en una sonrisa mientras leía en voz alta: "El Castillo Dunhaven en las brumosas Tierras Altas Escocesas."

Los ojos de David se abrieron de par en par asombrados. "¿Un castillo?"

"Sí, un castillo", confirmó Sarah, su voz teñida de incredulidad. "¿Puedes imaginarlo, David? ¡Nuestro propio castillo en Escocia!"

James, su hijo de diez años, quien había estado jugando en silencio en un rincón, levantó la vista con ojos muy abiertos. "¿Un castillo? ¿Como en las historias?"

Sarah se rió, revolviendo cariñosamente el cabello de James. "Sí, cariño. Justo como en las historias."

La emoción burbujeaba dentro de James mientras imaginaba torres y mazmorras, caballeros y dragones. Apenas podía contener su emoción. "¿Cuándo nos vamos, mamá? ¿Cuándo vamos a nuestro castillo?"

Sarah intercambió una mirada sabiendo con David antes de responder: "Tan pronto como sea posible, James. Tan pronto como sea posible."

Y así, con la promesa de aventura en el horizonte, la familia Harrington comenzó a prepararse para un viaje que cambiaría sus vidas para siempre. Poco sabían ellos, que su herencia los llevaría a un mundo envuelto en misterio y oscuridad, donde antiguos secretos permanecían ocultos dentro de las paredes del Castillo Dunhaven.

Viaje a las Tierras Altas

La anticipación de la familia Harrington creció con cada día que pasaba mientras hacían preparativos para su viaje a Escocia. Sarah empacaba meticulosamente sus pertenencias, mientras David investigaba la historia del Castillo Dunhaven, ansioso por aprender más sobre su nueva herencia.

Al amanecer el día de su partida, los Harrington se encontraban parados fuera de su brownstone en Nueva York, maletas en mano, listos para embarcarse en su aventura. James rebotaba con emoción, su imaginación desbordándose con visiones de caballeros y dragones esperándolos en su castillo.

El viaje en sí fue largo pero lleno de emoción y anticipación. Abordaron un avión rumbo a Edimburgo, la capital de Escocia, donde comenzarían su viaje a las brumosas Tierras Altas. James presionó su rostro contra la ventana, mirando maravillado cómo el paisaje debajo se transformaba de bulliciosas calles de la ciudad a colinas ondulantes y costas escarpadas.

A su llegada a Edimburgo, los Harrington fueron recibidos por su abogado, el Sr. McGregor, quien los acompañaría en la última parte de su viaje al Castillo Dunhaven. Sarah y David intercambiaron saludos corteses con el Sr. McGregor, mientras James lo bombardeaba con preguntas sobre su destino.

"¿El Castillo Dunhaven realmente es tan grande como dicen que es?" preguntó James emocionado, con los ojos brillando de emoción.

El Sr. McGregor se rió entre dientes, un destello travieso en sus ojos. "Oh, es aún más grande, joven. Lo verás por ti mismo muy pronto."

Con el Sr. McGregor liderando el camino, los Harrington se embarcaron en el escénico viaje a través del campo escocés hacia las Tierras Altas. James volvió a presionar su rostro contra la ventana del automóvil, maravillado por los pintorescos paisajes y los pintorescos pueblos que pasaban por el camino.

A medida que se acercaban al Castillo Dunhaven, encaramado en lo alto de una colina escarpada con vistas a las brumosas Tierras Altas, James se quedó boquiabierto ante la vista que tenía delante. El castillo se alzaba majestuosamente contra el dramático telón de fondo, sus antiguas paredes de piedra desgastadas por siglos de historia.

"Estamos aquí", anunció el Sr. McGregor, su voz teñida de reverencia.

Los Harrington salieron del auto, sus ojos abiertos de par en par mientras contemplaban su nuevo hogar. La emoción les corría por las venas mientras cruzaban el umbral del Castillo Dunhaven, listos para comenzar el próximo capítulo de sus vidas en esta tierra de leyendas y misterios.

Revelando Secretos

El aire dentro del Castillo Dunhaven era fresco y húmedo, lleno del olor de piedra centenaria y la promesa de secretos ocultos esperando ser descubiertos. Sarah, David y James siguieron al Sr. McGregor a través del gran vestíbulo de entrada, sus pasos resonando en las antiguas paredes.

"Bienvenidos al Castillo Dunhaven", declaró el Sr. McGregor, haciendo un gesto grandioso hacia su entorno. "Su hogar ancestral."

Los ojos de James se abrieron de par en par al observar los techos imponentes y los arcos de piedra tallada intrincadamente. "Es aún más asombroso de lo que imaginé", susurró asombrado.

Sarah y David intercambiaron una sonrisa, sus corazones hinchándose de orgullo ante la vista de su nuevo hogar. Pero bajo su emoción, un sentido de inquietud persistía. Había algo en el Castillo Dunhaven que se sentía... inquietante.

Mientras el Sr. McGregor los llevaba en un recorrido por el castillo, señalando sus varias cámaras y pasadizos ocultos, Sarah no pudo sacudirse la sensación de que estaban siendo observados. Miró nerviosamente por encima de su hombro, pero los largos corredores permanecieron extrañamente silenciosos.

"Es todo un reto, ¿no es así?" David comentó con una risa mientras inspeccionaban una de las salas de estar polvorientas del castillo.

"Ciertamente tiene carácter", respondió Sarah con una sonrisa forzada, aunque sus pensamientos estaban en otro lado. No podía sacudirse la sensación de que había más en el Castillo Dunhaven de lo que parecía.

Más tarde esa noche, cuando el sol se ocultó en el horizonte y la oscuridad descendió sobre las Tierras Altas, los Harrington se reunieron en el gran comedor del castillo para su primera comida juntos como familia en su nuevo hogar. La mesa estaba puesta con fina porcelana y cubiertos de plata, pero el ambiente estaba teñido de tensión.

Mientras se sentaban a comer, una ráfaga repentina de viento sacudió las ventanas, haciendo que James se sobresaltara en su asiento. Sarah extendió la mano para confortarlo, pero antes de que pudiera hablar, una voz resonó por el salón.

"Bienvenidos al Castillo Dunhaven."

Los Harrington quedaron paralizados en su lugar, sus ojos buscando el origen de la voz. Pero no había nadie allí. Solo las velas parpadeantes y las sombras bailando en las paredes.

"¿Qué fue eso?" James susurró, su voz temblando de miedo.

David intercambió una mirada preocupada con Sarah, frunciendo el ceño con aprensión. "No estoy seguro, hijo", respondió en voz baja. "Pero tengo la sensación de que estamos a punto de descubrir mucho más de lo que esperábamos en este castillo".

La Revelación

Después de que la misteriosa voz resonara por el comedor, un silencio inquietante se instaló sobre la familia Harrington. El corazón de Sarah latía con fuerza mientras intercambiaba miradas preocupadas con David, su mente dando vueltas con preguntas. ¿Quién, o qué, les había hablado?

El Sr. McGregor, siempre el caballero compuesto, carraspeó y trató de disipar la tensión. "Me disculpo por la interrupción", dijo, su voz firme a pesar de la evidente incomodidad en la habitación. "Debe haber sido el viento jugándonos una mala pasada".

Pero Sarah no pudo sacudirse la sensación de que había algo más que eso. Había una presencia en el Castillo Dunhaven, una presencia que parecía permanecer justo más allá del borde de la percepción.

Mientras terminaban su comida, los Harrington se retiraron a sus respectivas habitaciones para la noche, cada uno perdido en sus propios pensamientos. James permaneció despierto en la cama, escuchando los crujidos y gemidos del antiguo castillo a su alrededor. No podía sacudirse la sensación de que no estaban solos.

Los días siguientes pasaron borrosos mientras los Harrington se establecían en su nuevo hogar. Sarah se ocupaba desempacando y organizando sus pertenencias, mientras que David exploraba los terrenos del castillo, su mente aún llena de preguntas sobre su historia.

James, siempre el aventurero curioso, pasaba sus días explorando cada rincón del Castillo Dunhaven, su imaginación desbordándose con cuentos de caballeros y dragones. Pero no importaba a dónde fuera, no podía sacudirse la sensación de estar siendo observado.

Una tarde, mientras deambulaba por los corredores laberínticos del castillo, James tropezó con una cámara oculta escondida detrás de un tapiz. Intrigado, apartó la pesada tela y entró, su corazón latiendo con emoción.

Lo que encontró dentro le quitó el aliento. La cámara estaba llena de reliquias y artefactos antiguos, cada uno más misterioso que el anterior. Pero fue el retrato colgando en la pared lo que atrajo la atención de James: un retrato de un hombre de rostro severo con ojos penetrantes, mirándolo con una intensidad que le hizo erizar la piel.

"¿Quién eres tú?", susurró James, apenas por encima de un susurro.

Pero el retrato permaneció en silencio, sus secretos encerrados detrás de capas de pintura y lienzo. James no pudo sacudirse la sensación de que había más en este hombre misterioso de lo que se veía a simple vista, y estaba decidido a descubrir la verdad.

Poco sabía James que su viaje para descubrir los secretos del Castillo Dunhaven lo llevaría por un camino lleno de peligro y oscuridad, donde poderes antiguos yacían dormidos y olvidados, esperando ser desatados una vez más.

Secretos Revelados

Mientras James permanecía frente al enigmático retrato en la cámara oculta del Castillo Dunhaven, una sensación de urgencia lo invadió. Estaba decidido a descubrir la verdad detrás del hombre de rostro severo representado en la pintura, sintiendo que tenía la clave de los misterios que envolvían su hogar ancestral.

Con una determinación renovada, James se dispuso a desentrañar los secretos del Castillo Dunhaven. Pasó horas examinando tomos polvorientos en la biblioteca del castillo, buscando pistas ocultas entre las páginas de antiguos manuscritos. Cada página descolorida ofrecía vislumbres tentadoras del pasado del castillo, pero las respuestas seguían siendo esquivas.

Mientras tanto, Sarah y David se preocupaban cada vez más por la preocupación de su hijo por la historia del castillo. Intentaron tranquilizarse diciendo que era simplemente la fascinación de un niño por la aventura, pero en el fondo, no podían sacudirse la sensación de que algo no estaba bien.

Una tarde, cuando el sol se ocultaba en el horizonte y el castillo estaba bañado en el inquietante resplandor del crepúsculo, James hizo un descubrimiento sorprendente. Escondido en las profundidades de los archivos de la biblioteca, encontró una colección de diarios pertenecientes a un ocupante anterior del Castillo Dunhaven: un antepasado llamado Jonathan Harrington.

Con el corazón latiendo con emoción, James hojeó las páginas amarillentas, devorando los relatos de las aventuras de su antepasado como cazador de vampiros. Con cada entrada, una sensación de temor se apoderaba de él, pues se dio cuenta de que la oscuridad que acechaba dentro del Castillo Dunhaven era mucho más siniestra de lo que jamás había imaginado.

Sarah y David, sin saber de los descubrimientos de James, se sintieron cada vez más inquietos por los extraños acontecimientos dentro del castillo. Empezaron a notar sombras moviéndose en las esquinas de su visión, susurros resonando por los pasillos cuando no había nadie más alrededor. Era como si las mismas paredes del Castillo Dunhaven estuvieran vivas con secretos esperando ser revelados.

Pero a medida que los días se convertían en semanas y los misterios del Castillo Dunhaven se profundizaban, James se encontraba cada vez más cerca de la verdad.

Sabía que las respuestas que buscaba estaban ocultas dentro de las antiguas paredes del castillo, y estaba decidido a descubrirlas, sin importar el costo.

Poco sabía James que su búsqueda de la verdad lo llevaría por un camino peligroso, donde la línea entre la luz y la oscuridad se desdibujaba y el legado de las acciones oscuras de su antepasado amenazaba con consumirlo por completo. A medida que las sombras se alargaban y los susurros se hacían más fuertes, James sabía que estaba al borde de descubrir el mayor secreto de todos: un secreto que cambiaría todo lo que creía saber sobre sí mismo y su familia.

El Encuentro Misterioso

Mientras James se adentraba más en los secretos del Castillo Dunhaven, no podía sacudirse la sensación de que estaba siendo observado. Cada sombra parecía danzar con vida propia, y cada susurro llevaba el peso de secretos centenarios.

Una tarde brumosa, mientras exploraba los corredores laberínticos del castillo, James tropezó con una cámara oculta detrás de un tapiz. Intrigado, apartó la pesada tela y entró, su corazón latiendo con anticipación.

La cámara estaba bañada en un brillo etéreo, el aire denso con el aroma de la magia antigua. James sintió un escalofrío recorrer su espalda al darse cuenta de que no estaba solo.

"¿Quién está ahí?" llamó, su voz resonando en las paredes de piedra.

Hubo movimiento en las sombras, y luego una figura emergió de la oscuridad: una figura alta e imponente con ojos azules penetrantes y un aire de gracia sobrenatural.

La respiración de James se detuvo cuando miró al recién llegado, su mente llenándose de preguntas. ¿Quién era este misterioso desconocido y qué hacía aquí en el Castillo Dunhaven?

El desconocido observó a James con una mezcla de curiosidad y diversión, como si pudiera percibir los pensamientos del joven. "No temas, niño", dijo, su voz suave como la seda. "No te haré daño".

James vaciló, sin estar seguro de si confiar en esta figura enigmática. Pero algo en él lo tranquilizó, como si lo hubiera conocido toda su vida.

"Yo... yo soy James", balbuceó, su voz apenas por encima de un susurro.

El desconocido sonrió, un destello leve de calidez en sus ojos. "Yo soy Alexander", respondió, extendiendo una mano en saludo.

James tomó la mano de Alexander, sintiendo una extraña conexión con el misterioso desconocido. "¿Qué haces aquí?", preguntó, su curiosidad superando su precaución.

La sonrisa de Alexander se ensanchó, revelando un destello de travesura. "Podría hacer la misma pregunta, joven James", respondió enigmáticamente. "Pero quizás algunos misterios son mejor dejarlos sin resolver".

Con eso, Alexander desapareció en las sombras, dejando a James solo en la cámara con más preguntas que respuestas. Pero mientras permanecía allí, bañado en la luz que se desvanecía del día, supo que su encuentro con Alexander era solo el principio de un viaje que lo llevaría al corazón mismo de la oscuridad que acechaba dentro del Castillo Dunhaven.

Una Amistad Prohibida

James no podía sacudirse el recuerdo de su encuentro con Alexander, el misterioso desconocido que había conocido en la cámara oculta del Castillo Dunhaven. A pesar de la naturaleza críptica de su encuentro, había algo en Alexander que lo atraía a él: una sensación de familiaridad que no podía explicar.

Decidido a desentrañar el misterio que rodeaba a Alexander, James se dispuso a encontrarlo una vez más. Registró cada rincón del castillo, sus pasos resonando en las antiguas paredes de piedra mientras llamaba el nombre de Alexander.

Era tarde en la noche cuando James finalmente encontró a Alexander, parado solo en las almenas que daban a las Tierras Altas cubiertas de niebla. La luna proyectaba un brillo etéreo sobre sus rasgos, dándole un aire de belleza sobrenatural.

"Alexander", llamó James, el alivio inundándolo mientras se acercaba al misterioso desconocido. "Te he estado buscando."

Alexander se volvió para enfrentar a James, sus ojos brillando con una mezcla de diversión y curiosidad. "Y ¿qué te trae a mí, joven James?" preguntó, su voz como terciopelo.

James vaciló, sin saber cómo explicar los pensamientos y emociones que lo habían consumido desde su primer encuentro. "Yo... yo quería agradecerte", dijo finalmente, sus palabras saliendo apresuradamente. "Por mostrarme la cámara, y por... por estar allí cuando necesitaba a alguien con quien hablar."

Una sonrisa jugaba en las comisuras de los labios de Alexander, un leve destello de calidez en sus ojos. "Fue un placer, James", respondió, su voz suave y tranquilizadora. "No estás solo en este castillo. Tienes un amigo en mí."

Mientras permanecían juntos en las almenas, contemplando el paisaje iluminado por la luna debajo, James sintió una sensación de paz invadirlo. En Alexander, había encontrado no solo un amigo, sino un espíritu afín, un alma que comprendía las profundidades de su anhelo y el peso de sus miedos.

Pero poco sabía James que su amistad prohibida pronto sería puesta a prueba a medida que fuerzas oscuras se agitaban dentro del Castillo Dunhaven, amenazando con separarlos para siempre. A medida que las sombras se alargaban y los susurros se hacían más fuertes, James y Alexander se verían obligados a enfrentar la verdadera naturaleza de su vínculo y los secretos que se ocultaban en sus propios corazones.

Lazos de Sangre

A medida que la amistad entre James y Alexander se profundizaba, también lo hacía el sentimiento de inquietud que persistía dentro del Castillo Dunhaven. Los extraños sucesos se volvieron más frecuentes, y los susurros de antiguos secretos resonaban por los pasillos, arrojando una sombra sobre su nuevo vínculo.

Una noche fatídica, mientras James yacía despierto en su cama, una sensación de presentimiento lo invadió. Se revolcó inquieto, incapaz de sacudirse la sensación de que algo estaba terriblemente mal.

De repente, un grito ensordecedor rompió el silencio, enviando escalofríos por la espalda de James. Saltó de la cama, con el corazón latiendo de miedo, y corrió por los corredores oscuros del castillo, siguiendo el sonido de los gritos.

Al llegar a la fuente del alboroto, James sintió cómo se le helaba la sangre. Allí, en el patio iluminado por la luna, encontró a Sarah, su madre, tendida inmóvil en el suelo, su cuerpo magullado y golpeado.

"¡Mamá!" gritó James, corriendo a su lado. "¿Mamá, ¿qué pasó? ¿Estás bien?"

Pero Sarah permaneció sin responder, con los ojos cerrados y la respiración superficial. James sintió un oleaje de pánico creciendo dentro de él al darse cuenta de que su madre estaba gravemente herida.

Justo entonces, Alexander apareció de entre las sombras, con una expresión grave mientras observaba la escena ante él. "¿Qué pasó aquí?" preguntó, su voz teñida de preocupación.

"No lo sé", respondió James, su voz temblando de miedo. "Oí gritos, y vine corriendo. Pero no sé qué le pasó a mi mamá."

Juntos, James y Alexander llevaron a Sarah de vuelta a la seguridad del castillo, donde David esperaba ansiosamente su regreso. Mientras atendían las heridas de Sarah, una sensación de temor se apoderó de ellos, porque sabían que lo que sea que la había atacado todavía estaba ahí fuera, acechando en las sombras.

A medida que pasaba la noche y la oscuridad se profundizaba, James y Alexander juraron descubrir la verdad detrás del ataque a Sarah y poner fin a la oscuridad que amenazaba con consumirlos a todos. Pero poco sabían, que su búsqueda de justicia los llevaría por un camino lleno de peligro y engaño, donde rivalidades antiguas y deseos prohibidos permanecían ocultos bajo la superficie, esperando ser liberados.

Revelaciones en las Sombras

Tras el ataque a Sarah, la tensión se cernía pesadamente en el aire del Castillo Dunhaven. Sarah yacía inconsciente, su condición empeorando con cada momento que pasaba, mientras James, David y Alexander buscaban desesperadamente respuestas.

Su investigación los llevó a lo más profundo de los corredores laberínticos del castillo, donde descubrieron secretos olvidados y verdades ocultas que les provocaron escalofríos en la espalda.

Mientras hojeaban tomos polvorientos y manuscritos antiguos, descubrieron la oscura historia del Castillo Dunhaven; una historia empapada en derramamiento de sangre y traición. Aprendieron sobre los antiguos habitantes del castillo, cuya sed de poder había desencadenado horrores indecibles sobre la tierra.

Pero en medio de la oscuridad, también descubrieron un destello de esperanza: una profecía que anunciaba el surgimiento de un elegido que vencería a la oscuridad y restauraría el equilibrio en el mundo.

James sintió una oleada de determinación recorriéndolo cuando se dio cuenta de que él era el elegido mencionado en la profecía. Con Alexander a su lado, juró cumplir su destino y poner fin a la oscuridad que amenazaba con consumirlos a todos.

Pero mientras profundizaban en los misterios del Castillo Dunhaven, pronto se dieron cuenta de que su verdadero enemigo estaba más cerca de lo que jamás hubieran imaginado. Una figura del pasado de Alexander emergió de las sombras, decidida a destruir todo lo que amaban.

En un enfrentamiento final contra las fuerzas de la oscuridad, James, Alexander y David lucharon valientemente para proteger su hogar y a sus seres queridos. Con el poder de su vínculo y la fuerza de sus corazones, emergieron victoriosos, venciendo a la oscuridad y restaurando la paz en el Castillo Dunhaven una vez más.

Mientras el sol se alzaba sobre las Tierras Altas cubiertas de niebla, James miró hacia el castillo que se había convertido en su hogar, sabiendo que su viaje estaba lejos de terminar. Pero con Alexander a su lado y el amor de su familia para guiarlo, estaba listo para enfrentar cualquier desafío que se interpusiera en su camino.

Y así, la saga del Castillo Dunhaven llegó a su fin, pero el legado de la amistad de James y

Alexander viviría para las generaciones venideras, un faro de luz en un mundo envuelto en oscuridad.

Un Nuevo Amanecer

Con la oscuridad vencida y la paz restaurada en el Castillo Dunhaven, la familia Harrington y Alexander se encontraron en el umbral de un nuevo comienzo. Las cicatrices de su prueba aún persistían, pero eran más fuertes juntos, unidos por los lazos de amistad y amor que los habían llevado a través de los momentos más oscuros.

Mientras Sarah se recuperaba de sus heridas, la familia se unió para reconstruir sus vidas dentro de los antiguos muros del castillo. Con cada día que pasaba, las sombras que habían acechado su hogar comenzaban a desaparecer, reemplazadas por el cálido abrazo de la luz del sol y las risas.

La amistad entre James y Alexander floreció, su vínculo creciendo más fuerte con cada día que pasaba. Juntos, exploraron los secretos ocultos del castillo y se aventuraron en las Tierras Altas brumosas, forjando recuerdos que perdurarían toda la vida.

Pero al mirar hacia el futuro, sabían que su viaje estaba lejos de terminar. El legado del Castillo Dunhaven vivía en sus corazones, un recordatorio de la fuerza que se podía encontrar ante la adversidad.

Con el cambio de las estaciones y el paso de los años, la familia Harrington y Alexander continuaron prosperando dentro de los muros del Castillo Dunhaven. Enfrentaron nuevos desafíos y emprendieron nuevas aventuras, pero a pesar de todo, permanecieron unidos, su vínculo irrompible.

Y así, mientras el sol se ponía sobre las Tierras Altas brumosas, arrojando un brillo dorado sobre las antiguas piedras del Castillo Dunhaven, la familia Harrington y Alexander se mantenían juntos, listos para enfrentar lo que el futuro les deparara. Porque sabían que mientras se tuvieran el uno al otro, podrían superar cualquier obstáculo y soportar cualquier tormenta.

Y mientras las estrellas brillaban en el cielo, iluminando la noche con su suave luz, sabían que sin importar a dónde los llevara su viaje, el Castillo Dunhaven siempre sería su hogar, un faro de esperanza en un mundo lleno de oscuridad

www.ingramcontent.com/pod-product-compliance
Lightning Source LLC
Chambersburg PA
CBHW041651150726
48005CB00013BA/1674